Salon de Belleza

Sombras en la calle. Leyendas urbanas de Ciudad Juárez
Cano, Karen
Primera Edición. 2024
Flor de Mezcal.

Coordinación editorial
Sergio H. García

Portada
Unsplash.com

ISBN: 9798344120256

Flor de Mezcal
+52 323 153 8867
flordemezcal@gmail.com

Sombras en la calle

Leyendas urbanas de Ciudad Juárez

Karen Cano

Chernóbil juarense: La historia del Cobalto 60

Era un día como cualquier otro en el hospital, se acercaba la navidad de 1983, en Ciudad Juárez. Vicente Sotelo Alardín, un hombre que se encargaba del mantenimiento de las instalaciones del Centro Médico de Especialidades, golpeaba con diferentes herramientas una máquina en desuso que se encontraba en el almacén.

Su jefe le habría dicho que, tras seis años de haberse comprado, ya no se pensaba utilizarla, y debido a sus grandes dimensiones era necesario desecharla para tener espacio para otras cosas.

Vicente quizá empezó a hacer cálculos mentales de cuánto valdría esa cosa al venderla como fierro viejo, y se dispuso a cumplir las órdenes del patrón. No notó absolutamente nada anormal, y tras lograr desmontarla quiso colocarla en su vieja camioneta, pero tan sólo el cabezal de la máquina pesaba unos cien kilogramos, y ese cúmulo de fierro iba a requerir la fuerza de al menos dos hombres. Pidió ayuda a su amigo Ricardo Hernández para poder cargarla y después ambos se dirigieron, ya satisfechos por el arduo trabajo recién realizado, hacia el deshuesadero más cercano.

Un mes después, en el estado de Nuevo México, al otro lado de la frontera, un camión que transportaba materiales de construcción, pasó casualmente muy cerca de las instalaciones del Laboratorio Nuclear ubicado en la población de Los Alamos, quienes debido a su ocupación contaban con potentes máquinas detectoras de radiación, mismas que se volvieron locas de repente, y alarmaron a los especialistas quienes de inmediato se pusieron a rastrear la fuente de radioactividad.

Al llegar al camión, notaron que las varillas de metal al interior contaban con alarmantes niveles de radiación y, dando aviso inmediato a las autoridades, se iniciaron las indagatorias, sin sospechar que ya para ese momento miles de personas habrían tenido contacto con el material contaminado, habiendo expuesto su salud y hasta su vida.

Más de seis años atrás, en noviembre de 1977, el doctor Abelardo Lemus y otros socios que trabajaban para el nosocomio, habrían adquirido por más de 16 mil dólares, una máquina de radioterapia, que en aquel entonces representaba una alta tecnología. Tecnología que sin embargo no fue aprovechada por el hospital ya que no contaban con el personal capacitado para utilizarla.

Asimismo, no contaban con los permisos de adquisición, ni mucho menos con el conocimiento básico de que el corazón de tan lujoso instrumento era una bomba de Cobalto-60, un componente altamente radioactivo que, lo último que debía hacer, era terminar regado por diversas partes del país.

En el deshuesadero, los trabajadores habrían hecho lo propio, vendiendo las piezas como metal a diferentes fundidoras, constructoras y empresas maquiladoras que aprovecharían el mismo para realizar diferentes cosas.

Las empresas que más habrían comprado fueron Aceros de Chihuahua S.A. (Achisa) y la maquiladora Falcón de Juárez S.A.

Tras descargar su camioneta, Vicente y Ricardo regresaron a casa, Vicente se estacionó frente a su domicilio ubicado en la colonia Altavista y se dispuso a descansar de la larga jornada.

Días después alguien hubiera robado la batería de su camioneta, razón por la que ya no la siguió utilizando, y esta permaneció ahí, en contacto directo con la gente que vivía en esa calle, la gente que transitaba frente a la casa, y con los niños que pasaban la tarde jugando frente al vehículo contaminado.

Nadie conocía el riesgo que estos hechos cotidianos significaban para sus vidas, hasta que un montón de autoridades llegaron hasta la camioneta, diez días después de lo ocurrido en Los Álamos, ante la mirada sorprendida de todos los vecinos, en una época en que la gente apenas y había escuchado la palabra radiación.

En Estados Unidos, las dosis de radiación se cuantifican en unidades llamadas rem, pero la unidad sievert es con la que se mide el daño de la radiación al cuerpo humano. Un sievert es igual a 100 rem.

La Asociación Nuclear Mundial, reveló que la exposición a más de 100 mSv (milésimas de sievert) al año puede causar cáncer.

Se estima que aproximadamente cuatro mil personas resultaron expuestas a la radiación, de éstas, casi 80 por ciento recibieron dosis inferiores a los 500 mrem (5mSV); 18 por ciento recibió dosis entre 0.5 y 25 rem (5 mSv y 250 mSV).

Y, aunque solamente el 2 por ciento, es decir, alrededor de 80 personas, recibieron dosis superiores a los 25 rems, todos los involucrados arriesgaron su salud en menor o mayor medida. Al menos cinco personas recibieron dosis que varían desde 300 a 700 rem (3 mil y 7 mil mSV) en un periodo de dos meses, lo cual incrementa el daño en el cuerpo humano, al ser una exposición prolongada.

Todo lo anterior fue determinado por la Comisión Nacional de Seguridad Nuclear y Salvaguardias, en un informe publicado en septiembre de 1985.

La bomba de cobalto era un cilindro que contenía 6 mil balines de 1 milímetro de diámetro, y estos, al ser fundidos, contaminaron al menos unas 6 mil toneladas de materiales, incluso se piensa que casas en diversas partes del país fueron construidas con este.

Se dice que, por dar un ejemplo, en Sonora se encontraron 160 casas contaminadas con radiación.

Tras toda la revisión y burocracia por parte de ambos países involucrados, se destacan dos cosas. La primera es que una vez conocido, analizado y controlado el accidente, nunca se juzgó a ninguno de los responsables por sus acciones negligentes, y la segunda, es que nunca se supo que ninguno de los involucrados directos con la manipulación del material radioactivo hubieran sufrido lesiones o enfermedades derivadas de la exposición al mismo.

No obstante, se piensa que muchos de los casos de cáncer, infertilidad y hasta de locura detectados en juarenses en años posteriores, fueron el resultado de ello, aunque de esto nunca hubo tampoco ninguna prueba científica que lo comprobara.

Actualmente los materiales que fueron rescatados y confiscados permanecen depositados en distintos vertederos radiactivos, cementerios que fueron construidos por el gobierno, y que se encuentran en Ciudad Juárez, la Ciudad de México y Tijuana, en los que se supone, no ponen en riesgo a ningún ser vivo.

Sin embargo, la gente asegura que existieron hallazgos de varillas contaminadas al intemperie, sin protección, y sin que nadie intente hacer algo al respecto.

Esto sin contar que no todo el material contaminado pudo ser encontrado, por lo que una cantidad indeterminada del mismo se encuentra aún en contacto con la población, incluso podría estar en tu casa, uno nunca sabe.

Fantasma en el aeropuerto de Ciudad Juárez

Los aeropuertos son escenarios de todo tipo de historias. Las hay muy felices como las historias de los viajeros que están a punto de emprender el regreso a casa o la ida a las vacaciones esperadas todo el año, pero también hay otras muy tristes e inquietantes, como la que te voy a contar a continuación.

El aeropuerto Internacional Abraham González de Ciudad Juárez inició labores en el año 2000.

Según fuentes periodísticas, hasta el momento sus servicios solamente se han visto envueltos en dos accidentes.

El primero fue el 6 de septiembre de 2001, cuando una aeronave Saab 340B con matrícula XA-ACK que se encontraba haciendo un vuelo desde Ciudad Juárez hasta Tijuana, tuvo fallas mecánicas haciendo que el motor perdiera potencia y obligando al piloto a realizar un aterrizaje de emergencia en un campo en el valle de Las Palmas, sitio ubicado cerca de Ensenada y Tecate.

Aunque los 29 pasajeros y 3 tripulantes que iban a bordo sufrieron momentos de alta tensión, todos sobrevivieron, no así podría decirse la unidad, que fue declarada con daños totales.

Otro incidente ocurrió el 10 de mayo de 2019, cuando una aeronave Bombardier CRJ-100PF con matrícula XA-MCB que cubría un vuelo de carga hacia Ciudad Obregón, presentó una falla en los frenos, haciendo un aterrizaje estrepitoso que terminó con varios daños en la unidad, aunque con los dos tripulantes ilesos.

Entre el Aeropuerto de Ciudad Juárez y el Aeropuerto de Ciudad Obregón tuvo una falla en el sistema de frenos tras aterrizar en el aeropuerto sonorense, lo que causó un bloqueo en las ruedas del tren principal, haciendo que se poncharan los 4 neumáticos y causando un cese en las operaciones del aeropuerto durante 24 horas. Los 2 tripulantes resultaron ilesos.

En lo que respecta al aire se puede decir que las operaciones de este lugar han sido casi impecables, pero en lo que respecta a tierra, las instalaciones se han visto amenazadas muchas más veces.

Lo anterior debido a la inseguridad que ha prevalecido en la ciudad durante largos periodos. Haciendo que los usuarios de esta estructura, así como de otras estructuras públicas de la ciudad, hayan sido testigos de enfrentamientos y asaltos.

Balaceras, levantones, tráfico de migrantes, son fenómenos delictivos de los que el aeropuerto ha sido escenario, y aunque esto no depende en absoluto de los administradores del lugar, han hecho mella en la imaginación y percepción de inseguridad de los usuarios.

Por ejemplo, el 4 de marzo de 2020, todo funcionaba con tranquilidad en el aeropuerto, era una mañana tranquila, cuando súbitamente se iniciaron a escuchar disparos en el estacionamiento.

La gente corría a guarecerse, las autoridades intervinieron de inmediato, todo apuntaba a un fuego cruzado entre lideres criminales.

Fueron solo unos minutos, pero el pánico fue mayúsculo. Una vez culminado el evento se empezó a correr la voz de que una persona había caído muerta y yacía a las afueras del edificio.

Al principio todos pensaron que se trataba de una víctima del enfrentamiento. Luego, al descubrir que era una mujer de 60 años, se le consideró muerta por haber sido alcanzada por las balas.

Tristemente, lo que mató a esta mujer fue un fallo cardiaco, generado por la sola angustia de haber presenciado aquel momento.

Al ser un sitio de alta demanda, las actividades fueron reiniciadas casi de inmediato, y tal y como se dice en los espectáculos de alta envergadura, pase lo que pase el show siempre debe continuar.

Pero la historia no termina aquí.

Mucho tiempo después, en redes sociales empezó a circular el testimonio de un hombre que dijo llamarse Luis, y quien comentó ser trabajador de este lugar.

Luis contó que una noche trabajando como de costumbre, se topó con una mujer que estaba evidentemente consternada y que le pidió ayuda.

Luis le preguntó los detalles de su vuelo, con la intención de poder orientarla, pero esta no supo decir ningún dato. Desesperado, decidió dejar a solas a la mujer y buscar apoyo, pero la mujer se esfumó. Aunque no quiso darle importancia admitió que se sentía una vibra muy extraña.

Luego de unos días, en una reunión con compañeros de trabajo, alguien comentó sobre la historia de un fantasma que se aparece en el aeropuerto. Y aunque algunos lo tomaban como un simple mito, eran varios los trabajadores y las trabajadoras que aseguraban haber visto a esta mujer en algún momento.

Las personas que conocen sobre esta aparición, relacionan este espectro con la mujer que perdió la vida aquella mañana del 2020, asegurando que, ante lo repentino de su muerte, su alma se ha quedado estancada en el sitio, sin saber a dónde se dirige o qué hace ahí.

¿Puedes imaginar a esta mujer solicitando ayuda para regresar día tras día durante todos estos años? ¿Será la misma persona que habría muerto aquel fatal día?

Puedes pensar en eso la próxima vez que salgas de vaya, quien sabe, a lo mejor podrás descubrir que una de las pasajeras que intentan ir a bordo junto contigo, en realidad hace mucho tiempo que ya inició un viaje del que jamás podrá regresar.

La batalla continúa en el mas allá

La colonia El Barreal es una de las más viejas de Ciudad Juárez, ubicada en el área en donde se hubieran asentado los primeros pobladores de esta región, cuenta con innumerables historias.

Una de ellas, relata la historia de un hombre que se ganaba la vida como velador de un restaurante, ubicado específicamente sobre la avenida Insurgentes.

En algún momento de una de sus jornadas laborales, el cansancio empezó a hacer mella en su organismo, por lo que accedió al área de descanso donde tenía una pequeña máquina con la que se prepararía un café bien negro.

El lugar tenía vista directa hacia la entrada, de donde de la nada pudo apreciar un grupo de hombres corriendo enfurecidos hacia él. La impresión fue tan fuerte que se paralizo de miedo, pensando en que seguramente lo golpearían mientras robaban el lugar.

Para colmo de males, justo en ese momento se fue la luz, y quedó en total oscuridad mientras escuchaba cómo platos y muebles se caían a suelo, estaba listo para que iniciaran los golpes en su contra, pero todo lo que sintió fue un empujón en la espalda en medio de la penumbra, mismo que lo dejó en el suelo, y que sucedió apenas unos segundos antes de que se reactivara el servicio de electricidad.

En el suelo, lo primero que hizo fue mirar en todas direcciones, esperando ver destrozos, esperando ver a los hombres tratando de golpearlo de nuevo, pero todo lo que vio fue el área de descanso en orden y su café listo sobre una mesa, como si nada de lo que sintió y escuchó hubiera pasado.

Diversos historiadores y cronistas, aseguran que al ser estos sitios en dónde se registraron los primeros asentamientos de la comunidad, estos mismos también fueros testigos de las batallas en las que esta comunidad se vio involucrada.

La anécdota sobre las batallas era relatada muy a menudo por el historiador y cronista de Juárez, Felipe Talavera, quien aseguraba que esta área de la ciudad y sus alrededores fueron testigos de los violentos acontecimientos durante la toma de Ciudad Juárez en 1911, plena Revolución.

Mencionaba que, por ejemplo, la Avenida Insurgentes en su cruce con la calle Perú, era el sitio justo donde se encontraba una estructura que los soldados usaban como trinchera, y en donde, sin duda, muchos de ellos perdieron la vida ante ataques enemigos.

Otra estructura abandonada que el historiador reconoció pudo haber sido un sitio de batalla fue las antiguas instalaciones del Canal 5.

Estas moradas se extienden en diversos sitios por las calles aledañas, como la colonia El Barreal, en donde hay registros de personas que en medio de la noche y sin previo aviso, fueron atacadas por un batallón fantasma.

En distinto tiempo, momentos y sitios, pobladores y visitantes de aquella área de la ciudad, han hablado acerca de apariciones de soldados, hombres armados dispuestos al ataque, así como el sonido de cosas rotas y agresiones.

La gente supone que se trata de aquellos soldados que murieron en cumplimiento de su deber, y cuya alma, debido a la naturaleza de su muerte, esta encadenada a estos espacios.

No son pocas las personas que aseguran haber escuchado estos ecos de las batallas desde el más allá, aunque por supuesto, son las más quienes aseguran que es un mito y que viviendo ahí nunca les ha ocurrido nada paranormal.

Puedes probar acudir tú mismo a estos lugares y de pronto encontrar si esto es verdad, sólo ten cuidado con el fuego.

Los fantasmas de la Plaza del Monumento a Benito Juárez

Existen trabajos de alto riesgo, en donde el menor error puede costar la vida. Oficios que sin embargo son necesarios y siempre hay personas valientes que los realizan.

Hace muchos años, en lo que hoy es la Plaza del Monumento a Benito Juárez, se encontraba la vieja estación de ferrocarril.

Los terrenos aledaños se utilizaban por un grupo de personas que practicaban el peligroso oficio de la fundición de metales.

Uno de los hombres que trabajaban ahí, se encontraba realizando su jornada como de costumbre, sus compañeros le rodeaban.

Cada uno estaba en lo suyo cuando, por un accidente, el hombre resbaló en la caldera con el material hirviendo.

Por varios minutos todos fueron testigos de cómo el trabajador se hundía en el crisol, y se iban derritiendo la piel de su cuerpo sin que nadie pudiera hacer algo para sacarlo.

Dicen que los gritos de dolor y agonía eran tan escalofriantes que aquella imagen nunca se logró borrar de quienes presenciaron el evento, o de quienes lograron escucharlo al pasar casualmente por el terreno al momento del accidente.

Los años pasaron, el lugar se transformó en algo totalmente diferente, pero tanto residentes del sector como visitantes, han reportado que a altas horas de la madrugada han logrado escuchar a alguien gritando de dolor en medio de una plaza vacía.

La gente dice que este el fantasma del derretido del crisol se hace presente de dos formas: puedes andar por el sector en la madrugada y, de repente, en el silencio de una ciudad que duerme, escucharás de forma aterradoramente y clara el grito de dolor de un hombre que murió quemado al caer en metal fundiéndose.

La otra forma es quizá más impresionante, pues no se trata de un sonido, sino de la imagen del derretido del crisol que se te aparecerá por este sitio, y sabrás que es su espectro por lo característicos de sus deformaciones físicas que tiene, dado la naturaleza de su muerte.

Pero no todos los dolores son físicos, existen también aquellos dolores del corazón, que casi en nada se diferencian entre sí.

Según Antonio Ramos, historiador que da vida al personaje de "Don Chendo", a inicios del siglo pasado la Plaza del monumento no existía, era un quiosco.

Era muy popular y frecuentado por parejas de enamorados, que acudían con chaperones a caminar y tomar aire fresco.

Dos meses antes de que estallara la Revolución se edificó en ese lugar el monolito que ahora se encuentra ahí, el cual, fungió como una ventaja para los visitantes, pues el tamaño de la estructura suponía unos segundos más alejados de la mirada de los chaperones.

Una de esas parejas, de por aquellos tiempos, decidió casarse, pero antes, él le dijo a ella que se iba a su pueblo a visitar a su familia y avisarles que sobre la boda.

No obstante, jamás volvió. La muchacha, ilusionada, iba cada fin de semana en espera de su amor; en algún momento decidió incluso, ir vestida de novia, para estar lista al momento de encontrarse con el novio.

Esto último nunca sucedió y eventualmente ella murió. Desde entonces se dice que, si das una vuelta al Monumento, es posible que sin razón aparente percibas un fuerte aroma floral, que no es más que la presencia de la novia del Monumento, que aun muerta sigue esperando a su prometido.

LA LEYENDA DE 'FLECK', EL LEÓN SUICIDA

Un grupo de niños de preescolar fueron de excursión a una de las áreas verdes más importantes de la ciudad: El Parque Central.

El histórico recinto que alguna vez albergó una escuela de agricultura, desde hace más de tres décadas funge como un sitio de visita para las familias juarenses que gustan del aire libre y de apreciar la belleza de su lago artificial.

Era el año del 2008, una tarde de octubre. Muchos años después los niños recordarían como fueron con extrema curiosidad a conocer una de las más recientes atracciones del lugar, el cual se trataba de un león africano de apenas un año y 8 meses.

El león se encontraba rodeado de malla ciclónica, amarrado del cuello, bajo la intemperie y sin mayores aditamentos de protección. Muchos de estos niños recordarían también como los trabajadores seleccionaban a algunos de los patos que permanentemente descansan en el lago artificial como parte de su trayectoria migrante, para aventárselos al animal, quien los mataba y devoraba ante las miradas atónitas de los visitantes.

Su nombre fue Fleck, y habría llegado a este recinto como donación, luego de haber sido confiscado a su propietario, quien se rumoraba, era un narcotraficante de El Valle de Juárez que, obviamente, lo poseía de manera ilegal.

En aquellos años, el tráfico de animales exóticos como mascotas era algo muy común entre los grupos criminales. Y pese a que el parque no contaba con la estructura más básica para albergar un espécimen como este, por alguna razón, pensaron que sería una buena idea donarlo para su exhibición.

Aunque contaba con la constante vigilancia de un veterinario, mismo que atendía a la mítica jirafa Modesto, nadie contó con que ese día, durante la visita de estos niños, el león moriría ahorcado, ante la vista de los pequeños.

Según registros periodísticos, Fleck, el león del Parque Central, hubiera muerto asfixiado con el mismo lazo con el que se pretendía contenerle, la versión oficial es que lo hizo por accidente, aunque entre los presentes y la comunidad surgió el rumor de que el animal, deprimido por el cautiverio y la mala alimentación, se habría suicidado.

Incluso se empezó a asegurar que el animal, que era más bien un cachorro pues se era demasiado joven, estaba acostumbrado a comer la carne de las víctimas mortales de su anterior propietario. Es decir, que los cadáveres de las personas que eran asesinadas por este, terminaban siendo desaparecidas por el león.

Esto último, sugirió la voz popular, provocaba que el animal se mostrara muy intranquilo ante la presencia de visitantes, ansioso de probar carne humana.

De nada de esto hay registro oficial, solo las anécdotas de personas que lo vieron rugir y estamparse contra la malla ciclónica.

Oficialmente, lo que ocurrió es que Fleck se encontraba jugando con un bote en donde veía agua, y el lazo que lo sostenía estaba suelto. Junto a él se encontraba un grueso tronco viejo que le servía para afilar sus garras, algo muy característico de los felinos.

El problema surgió debido a que el tronco tenía una especie de rama en donde el cordón se atoró mientras Fleck jugaba con el vote, asustando, terminó el mismo jalando fuertemente la cuerda que terminó por asfixiarlo.

Resulta que uno de los cuidadores se dio cuenta de inmediato, pero no supo qué hacer ya que temía tratar de ayudar al león y que este, en su desesperación, lo hiriera.

Llamó al médico, pero para cuando este logró llegar al lugar, ya era muy tarde.

Su estancia en el Parque Central fue muy impresionante, pero tan breve que hay quienes aseguran que su misma existencia es una leyenda urbana, aunque de hecho fue real.

Tras su muerte, ambientalistas hicieron manifestaciones en el lugar, culpando a los cuidadores del accidente, desde entonces aseguraban que el recinto no estaba diseñado para la conservación de animales exóticos y exigían que Modesto, quien entonces sobrevivía, fuera trasladado a otro sitio.

Todos sabemos que esto nunca se logró y que Modesto murió en el Parque Central, sólo, en el 2022 a los 21 años.

El fantasma del "Loco Police"

Es posible que alguna vez hayas escuchado decir a alguien que, quien toma agua de Ciudad Juárez no se va jamás.

Este dicho hace referencia a la hospitalidad de la ciudad y de cómo muchas personas, una vez viviendo aquí, deciden quedarse, al sentirse bien recibidos y cómodos.

Sin embargo, la expresión no suena igual cuando conoces la historia del "Loco Police".

El "Loco Police" es un personaje entrañable de la historia popular de esta ciudad, ya que las personas aseguran que realmente existió, aunque sus registros fueron borrados por el gobierno.

Lo anterior luego de que fuera víctima de un accidente en el que perdiera la vida y que, por su naturaleza, dejara en evidencia omisiones por parte de autoridades de aquel entonces.

La gente suele confundir al "Loco Police" con el "Güero Mustang", quien era un hombre que, con alguna enfermedad mental, conocido por rondar siempre en el primer cuadro de la ciudad, a bordo de un automóvil imaginario.

Pero mientras que este fue conocido en los noventa, el "Loco Police" andaba igualmente por las calles del centro, pero alrededor de la década de los años cuarenta.

Se trataba de una persona sin hogar, quien también padecía de sus facultades mentales. En esos años, existía un depósito de agua construido de metal en los patios de la antigua Presidencia Municipal, el cual funcionaba con un motor y se encargaba del suministro de agua para toda la comunidad.

La gente solía verlo caminar sin rumbo cualquier hora y cualquier día, por eso nadie lo extraño cuando súbitamente se dejó de ver.

Un día, vecinos del sector empezaron a notar algo muy extraño en el suministro del agua. Las mujeres que lavaban los trastes o lo hombres al momento de la ducha reportaban que el agua salía de un color extraño.

Quienes se aventuraban a servirse un refrescante vaso de agua, al dar el primer trago, sentían un extraño sabor a metal y otros más, al abrir el grifo para lavarse las manos, notaron restos extraños en el agua, algo que parecía ser ropa.

Tras constantes quejas, las autoridades pusieron manos en el asunto y al investigar, un cadáver se encontraba flotando en la cisterna.

Resulta que en aquel entonces el servicio de agua no era como en la actualidad, sino un tanto más rudimentario, eso hizo posible que la gente, por varios días, sin saberlo, estuviera tomando agua fermentada con los restos del "Loco Police" quien murió ahogado en ese lugar.

Hasta estos días, la gente cuenta que, por la noche, sobretodo en el centro, el fantasma del "Loco Police" se hace ver y escuchar por las calles.

Aunque se supone que actualmente el sistema de suministro cuenta con altos estándares de tratamiento que la hacen apta para su consumo, no sería irracional pensar que algo o alguien podría colarse en los pozos.

Es decir, ya antes las alcantarillas se han tapado con toda clase de desperdicios, que incluyen restos humanos, cadáveres completos de personas que taponean el vaciado del agua en las calles.

Y este último es un hecho que consta en los archivos periodísticos.

¿Qué tan buena sabe el agua de Ciudad Juárez como para no querer irte jamás?

El Panteón de los Niños

Pocas cosas son más dolorosas que la muerte de un menor de edad, y ya que los investigadores de lo paranormal suelen relacionar el dolor como una de las emociones que más sujetan a los espíritus errantes a un sitio, el pensar en un panteón exclusivamente para niños es, por sí mismo, algo perturbador.

El Panteón Senecú, o mejor conocido precisamente como el Panteón de los Niños en Ciudad Juárez, es un lugar que a simple viste se encuentra abandonado, no sólo por las tumbas viejas que ahí se pueden apreciar, sino por el hecho de que los visitantes ni siquiera suelen encontrar a algún cuidador.

La mayoría de los sepulcros lucen vacíos de flores o cualquier otro tipo de ofrenda, y aunque no hay registros públicos que indiquen que efectivamente es un panteón para puros niños, quien se da a la tarea de dar un vistazo a los nombres de cruces y lápidas, se topará con la singularidad de que estas tienen la inscripción de nombres de personas con fechas de nacimiento y muerte que sugieren, en su mayoría, personas desde recién nacidos hasta adolescentes.

Se encuentra justo atrás del fraccionamiento Jardines de Aragón, un sitio donde viven personas con ingresos de clase media y alta. que se encuentra muy cerca del bordo del Río Bravo.

Exactamente, a unos metros del bulevar Francisco Villarreal Torres, muy cerca del cruce de este con el bulevar Juan Pablo II, sobre la calle Camino a Barcelona.

Agrupa, aparentemente, apenas un poco más que un centenar de cuerpos, y algunas de sus lápidas tienen fechas de principios del siglo pasado, aunque también se encuentran algunas fechas más recientes.

Pero entre todo esto, la popularidad del sitio responde a la cantidad de historias paranormales que residentes del sector y visitantes le atribuyen.

No cuenta con bardas o cercos que resguarden su perímetro, y si no fuera por las cruces y la parafernalia que adorna las tumbas, podría ser simplemente un terreno baldío.

La mayoría de las tumbas lucen adornos desgastados que parecen haber sido colocados hace décadas. En muchas de ellas no hay rastro de visitas recientes por parte de familiares.

Se dice que, poco antes del estallido de la Revolución Mexicana, la comunidad comenzó a usar este lugar como cementerio, buscando una alternativa a los camposantos oficiales administrados por el gobierno.

El estado de abandono, sumado a los juguetes dejados como ofrenda entre la maleza, ha contribuido a la reputación del sitio como un lugar inquietante.

Además, al no contar con vigilancia ni estructura que le resguarde, las personas suelen utilizarle para realizar rituales de brujería, consumir sustancias ilegales o arrojar basura y animales muertos.

Quienes conocen el lugar o viven cerca, cuentan historias inquietantes: desde risas infantiles que se escuchan en la madrugada, hasta la visión de sombras que corren entre las cruces y desaparecen tras tocar las puertas de las casas vecinas.

Estas leyendas han atraído a numerosos exploradores urbanos e investigadores de lo paranormal, quienes se han aventurado a entrar de noche, solo para encontrar huellas de pequeñas manos en sus autos o capturar siluetas misteriosas en sus cámaras.

Este fenómeno ha generado material que circula por diversos rincones de Internet. Sin embargo, algunos visitantes relatan una experiencia completamente distinta, describiendo una sensación de paz gracias al silencio y la quietud que envuelven al Panteón de los Niños.

El espectro de la ruta 10 en Anapra

En Ciudad Juárez hay un punto territorial donde se unen tres estados: Chihuahua, Texas y Nuevo México.

Y muy cerca de este lugar se encuentra también la colonia Puerto Anapra, una de las más conocidas de la ciudad que, desgraciadamente, debido a situaciones de criminalidad y carencia que le han dado muy mala fama.

Esta colonia se conformó a principios de la década de 1970, y como todo asentamiento humano inicio con muchas carencias. Poco a poco el gobierno y los mismos residentes del sector han logrado establecer comodidades en el sitio, haciendo de este un área que está prosperando.

Incluso, a la fecha de escribir este texto, se tiene el proyecto gubernamental de construir un cruce fronterizo en dicha región, que logrará que la colonia y negocios crezcan aún más en su valor como terreno.

Actualmente Anapra cuenta con todos los servicios, incluyendo el transporte público. La historia en esta ocasión se remonta a los años en los que esto no fue así,

La mayoría de las rutas no subían por las colinas de este sector, en parte por considerarlo despoblado, y en parte por sus calles sin pavimentar, y también, aunque no mucho se admitía, debido a la inseguridad que reinaba ante la falta de vigilancia policiaca.

Sólo había una ruta que daba servicio a esta región, la ruta 10, el característico camión de pasajeros rojo, utilizado especialmente por estudiantes y trabajadores que vivían en esta colonia y tenían la necesidad de ir hacia al centro histórico para poder llegar principalmente a empresas maquiladoras y escuelas —en aquel entonces, no se contaba con muchos planteles en la colonia—.

Se dice que uno de los conductores de una de las unidades que hacían el recorrido, le habría tocado específicamente el horario más tardío. Ese que era utilizado especialmente por obreros que trabajaban en el segundo o tercer turno, cerca de la medianoche.

El camino era algo amenazante para la estructura del vehículo, toda vez que se trataba de subir colinas sin pavimentar, atravesando grandes trechos sin iluminación o construcciones, parajes baldíos que eran el lugar perfecto para ser esperados víctimas de atracos.

Y esa era una de las razones por la que, la mayoría de los conductores, se reusaban a trabajar especialmente por la noche, cuando riesgos de accidentes o asaltos se hacían exponencialmente más grandes.

Este conductor sabía eso, pero al tener poco tiempo trabajando para esa línea de transporte decidió que manejando con precaución y estando muy atento en el entorno, estaría seguro; además de que siendo el de menos antigüedad no podía negarse.

El turno comenzó como de costumbre, personas abordando y otras llegando a sus destinos, dando las gracias al bajar o simplemente bajando rápidamente en diversos puntos a lo largo de la ruta. Al realizar el último recorrido, muy cerca ya de llegar al final, en medio de la oscuridad en uno de estos trechos desolados, una joven, con vestimenta de obrera, pidió la parada.

La unidad ya iba completamente sola, así que el hombre no pudo evitar poner toda su atención en esta usuaria, misma que al verla de cerca, se dio cuenta que tenía la ropa peculiarmente sucia, como si se hubiera caído en la tierra.

Al notar ese detalle se sintió muy curioso, pero también, empezó a sentir un malestar inexplicable. Tenía la urgencia de terminar con el turno, de estar en casa, su corazón latía rápidamente e incluso sentía ganas de llorar.

Se concentró en el camino, faltaba ya muy poco. Cuando llegó a la última estación, volteó para pedirle a la joven que descendiera, pero está ya no se encontraba en la unidad.

La sensación de malestar se agravó ante la falta de explicaciones, pues siendo la única pasajera, era imposible que se hubiera bajado sin que él se diera cuenta.

Al momento de contar esta extraña anécdota a sus compañeros, al día siguiente, se dio cuenta que esta era la otra razón por los que los conductores se reusaban a realizar esta ruta de noche.

La misteriosa joven se convirtió en la pesadilla de los conductores, quienes afirmaban que era el espectro de una mujer asesinada, que noche tras noche pedía que detuvieran el transporte para llegar a casa.

Poco se sabe de la identidad de esta mujer, pero se dice que fue una de las primeras habitantes de Anapra, donde vivía con su pareja en unión libre, un hombre que supuestamente era muy violento. Tras una brutal golpiza, la mujer perdió la vida. Al darse cuenta de lo que había hecho, el hombre decidió enterrar el cuerpo en algún rincón de la terracería.

Aunque el relato ha pasado de boca en boca, lo que dificulta confirmar los detalles o la identidad de la posible víctima de feminicidio, la historia resulta creíble dadas las condiciones en que Anapra permaneció durante muchos años. Además, este hecho habría ocurrido en los años 90, una época en que la ciudad alcanzó notoriedad internacional por los casos de feminicidio.

Otra versión del relato sugiere que la joven era una trabajadora que, después de una larga jornada, volvía a casa en Anapra durante la noche. Siendo la única pasajera en el transporte, el chofer habría aprovechado para abusar de ella, asesinarla y abandonar su cuerpo en la oscuridad del lugar. Según quienes apoyan esta versión, el fantasma aparece específicamente para atormentar a los conductores, buscando venganza.

En Internet se pueden encontrar testimonios de conductores que, al manejar por el sitio cerca de la media noche, a la entrada de la colonia, experimentan una sensación inexplicable de ansiedad y temor.

Algunos comentan, incluso, que se sabe que la Ruta 10 hacia aquel sector es siempre motivo de renuncia por parte de los conductores.

Algo que pensar la próxima vez que te subas a una unidad de transporte público, especialmente, el de esta ruta.

El fantasma de la UTCJ

Al filo de una tarde de invierno un grupo de cinco estudiantes universitarios se encontraban aun en el aula terminando su proyecto para finalizar el semestre. Habrían dedicado meses a esto, y justo estaban añadiendo los últimos detalles.

Se acercaba la hora de irse, pues era bastante tarde y las instalaciones de la universidad estaban a punto de cerrar, pero repentinamente, uno de ellos, a quien llamaremos Carlos, pidió unos momentos para descansar y pensó que una buena forma de tomar este tiempo era jugar un juego de mesa que habría comprado recientemente.

A esta hora, la universidad aún tenía clases, pero el flujo de estudiantes ese día era especialmente bajo, por lo que descansar y jugar un poco no parecía mala idea.

Los estudiantes miraron a su compañero pensando que sacaría naipes o algún juego clásico de serpientes y escaleras, pero abrieron la boca todos al mismo tiempo cuando vieron que lo que su compañero sacó de la mochila era una ouija.

Mientras una muchacha de nombre Perla decía que eso era muy peligroso, los otros tres jóvenes se empezaron a reír ante la posibilidad de que sus compañeros creyeran que algo como eso servía. Así que, sin creer en lo que se decía acerca de este juego, se aseguraron de que nadie estuviera cerca, apagaron la luz del salón, dejando sólo encendida una linterna de un celular, y empezaron a jugar.

Cerraron los ojos mientras ponían cada uno su dedo índice en la pieza de madera en forma de puntero, que tras preguntar si habría alguien entre ellos, se colocó en la palabra "Sí".

La única asustada fue Perla, quien de inmediato quitó el dedo y empezó a llorar, tratando de reprimirse, pues le daba vergüenza. Uno de sus compañeros encendió la luz y trató de calmarla, sin embargo, ella, repentinamente, entró en una especie de trance, los miraba a todos con curiosidad, como si fueran desconocidos, y se alejó de ellos en una esquina del aula.

Al llamarle por su nombre y preguntarle si estaba bien, ella dijo: "Yo no soy ella, mi nombre es Martha".

Los jóvenes pensaron que era una broma y comenzaron a reír. Uno de ellos le preguntó qué era lo que quería y Perla, o Martha, respondió que hace muchos años un hombre abusó de ella y la asesinó en ese mismo lugar, por lo que desde entonces se encontraba ahí. Agregó que le gustó mucho cuando se rodeó de jóvenes universitarios y decidió quedarse, pues sabía que estaba muerta y que nunca iba a volver, pero los estudiantes le hacían sentirse viva.

La respuesta fue muy extraña, por lo que los muchachos empezaron a tomarlo en serio. Uno, asustado, estaba a punto de pedir ayuda cuando la joven se desmayó.

Inmediatamente se acercaron a tratar de reanimarla, fue cosa de segundos para que despertara, esta vez, extrañada de estar en el suelo, asegurando que no recordaba nada.

De principio decidieron no decir nada a nadie, sin embargo, empezaron a indagar y supieron que había reportes del avistamiento de una jovencita en diversas partes del campus, misma que se desvanecía en el aire.

El rumor empezó a esparcirse, y desde entonces, muchas personas aseguran que las sesiones espiritistas para hablar con Martha han continuado.

Inaugurada en 1999, la Universidad Tecnológica de Ciudad Juárez (UTCJ) se ha consolidado como una de las instituciones más destacadas en la formación de estudiantes en niveles de técnico superior y licenciatura en la región.

Se encuentra ubicada en la colonia Lote Bravo, en el sureste de Ciudad Juárez. Aunque inició actividades oficialmente en 1999, antes de su construcción el lugar era un terreno baldío en una de las zonas más despobladas de la ciudad.

Durante la década de los noventas, las desapariciones de mujeres jóvenes comenzaban a ser un fenómeno preocupante. Los agresores solían raptar a sus víctimas, llevarlas a áreas deshabitadas, abusar de ellas, asesinarlas y luego enterrarlas en esos mismos sitios.

Se cree que Martha fue una de esas jóvenes desafortunadas y que fue sepultada en lo que hoy es el terreno de la universidad.

Ahora lo sabes, si estudias o estudiaste ahí, o incluso si alguna vez vas solo de visita, puedes echar un vistazo a tu alrededor, quizá descubras a una estudiante muy especial, que de principio se mezcla con los demás, pero luego desaparece súbitamente.

La Casa del Triángulo y la niña poseída

En la Escuela Primaria Luis Cabrera, la generación de estudiantes de 1974, fueron testigo de un hecho sin precedentes, que jamás pudieron olvidar.

Se trataba de una posesión demoniaca ocurrida en medio del salón, la víctima era una de sus compañeras, de apenas 13 años, la cual yacía en el suelo, convulsionándose y arqueando su cuerpo en formas que parecían imposibles, al mismo tiempo que de su boca salían palabras que nadie entendía con una voz que parecía venir del más allá.

Se trataba de una adolescente que, de hecho, tendría un tiempo presentando conductas extrañas, como hablar sola cuando iba caminando por la calle, o caer al suelo y convulsionar.

Las personas empezaron a pensar que tenía alguna enfermedad mental. Sus padres habrían gastado casi todos sus recursos en la búsqueda de un tratamiento, hasta que alguien sugirió pedir la ayuda de un sacerdote, pues tal vez la enfermedad no era tal.

No lograron conseguir la ayuda de un padre, pero pudieron encontrar un par de personas católicas dispuestas a ayudar.

Por varios días, estuvieron en la casa de la menor, rezando y tratando de liberarla de los demonios que supuestamente la poseían.

El rumor de que se estaba llevando a cabo un exorcismo atrajo casi de inmediato la curiosidad de gran parte de los residentes del sector, al grado de que algunos iban a la casa a tratar de ver a la "niña poseída".

Esta propiedad era conocida desde entonces como la Casa del Triángulo, ubicada en la colona Melchor Ocampo, una de las más viejas de la ciudad.

La casa se encuentra en una peculiar intersección donde colindan las calles Saltillo, Porfirio Díaz y Acapulco, haciendo que la misma tenga forma de un triángulo.

Durante varios días, los curiosos iban casi en procesión a tratar de mirarla a través de la ventana de su habitación, atada a la cama, perdiendo una pelea contra espíritus malignos.

Según lo que la gente recuerda, el intento de exorcismo culminó con la muerte de la jovencita.

Y no sólo eso, durante el final del fallido proceso su madre empezó a sangrar por los oídos y la nariz hasta que también murió, dejando solo al padre quien, lleno de dolor, decidió irse de la ciudad y abandonar el hogar.

Después de eso la casa ha estado ocupada en diversas ocasiones, aunque se dice que esta embrujada y eso hace que se desocupe casi de inmediato.

Personas que vivieron ahí, lo hicieron solo por unos meses; negocios que vieron en la singular propiedad una oportunidad de destacarse, nunca lograron prosperar; e incluso se cuenta que justo en esa esquina se ha registrado el asesinato de al menos una decena de personas, víctimas del crimen organizado.

Y aunque tristemente la gente no considera anormal el asesinato a balazos de una persona en esta ciudad, lo que si consideran extraño es que al menos diez veces esto se realizó exactamente en la entrada de esta propiedad, la cual actualmente se encuentra clausurada.

Los residentes del área han comentado que, en ocasiones, han escuchado extraños ruidos provenientes del interior del lugar. Algunos incluso aseguran haber visto lo que creen que es el fantasma de la niña.

Resulta interesante que este fenómeno coincidió con el estreno de la película *El Exorcista* en las salas de cine de Ciudad Juárez en aquel entonces. Esto hizo que la historia, ya de por sí intrigante, captara aún más la atención de la comunidad, quedando grabada en la memoria colectiva de los juarenses para siempre.

Actualmente la propiedad permanece en pie, aunque con serios signos de destrucción. Nadie puede entrar, todo apunta a que sigue teniendo dueño, pero eso no detiene a los curiosos que siguen llegando de vez en cuando, en búsqueda de atestiguar algunos rastros de la historia tan turbia que se cuenta.

La escuela construida sobre un panteón

Era una tarde calurosa del año 2006, cuando bajo los rayos del sol un grupo de albañiles trabajaban zanjando el terreno del patio de juegos del Centro Escolar Revolución.

En aquel entonces el ahora difunto exalcalde Héctor "Teto" Murguía Lardizábal se encontraba en su segundo periodo al frente de la presidencia municipal, y mantenía en funcionamiento su programa de los llamados 'Tetodomos'.

Estas estructuras se colocaban de forma gratuita en las escuelas que así lo solicitaban, con la finalidad de proteger a los estudiantes del sol o de la lluvia a la hora de realizar actividades al aire libre.

Los albañiles trabajaban contrarreloj, el trabajo tenía que estar terminado esa misma tarde, hasta que, en algún momento, al abrir la tierra, se dieron cuenta que había algo muy extraño enterrado.

Se trataba de un cráneo humano, por lo que asustados llamaron de inmediato a la policía, la cual llegó e iniciaron las investigaciones. Trascendió en ese momento que no se trataba de una sola osamenta, sino de varias y se determinó que se trataba de un antiguo panteón del cual, al parecer, no se tenía registros.

Tiempo después, cuestionado al respecto, Felipe Talavera, historiador de Ciudad Juárez, explicaría en diversas entrevistas, que este se trataría del segundo panteón más antiguo de la ciudad. Este lugar hubiera estado en funcionamiento hasta 1926, pero que no se encontraba abajo, sino a un lado del recinto educativo.

Cuando las personas decidieron construir la escuela, hubieran removido la mayoría de los cuerpos, pero habrían dejado otros abandonados, ignorando que estaban más al fondo, mismos que, con el paso de los años y el desplazamiento natural del subsuelo, terminaron por ser encontrados debajo de la escuela.

Otra teoría sostenida por historiadores sostiene que, a principios del siglo XX, este terreno fue un cementerio clandestino para combatientes caídos durante la Revolución Mexicana, y luego sería un panteón municipal.

Tras el descubrimiento de este hecho, la comunidad comenzó a considerar a la escuela como un lugar embrujado, donde supuestamente aparecían fantasmas y existían túneles ocultos con más cuerpos sin sepultar.

Es por eso que el Centro Escolar Revolución, una de las instituciones educativas más emblemáticas de Ciudad Juárez, está rodeado de mitos y leyendas urbanas.

Uno de los relatos que han trascendido en relación al tema es el de un joven estudiante del año de 1987.

Él junto con sus compañeros, usualmente jugaban en las canchas deportivas después de clases. El conserje y vigilante les daba permiso de hacerlo por algunos momentos, ya con la escuela cerrada, en lo que terminaba su jornada laboral, y les decía que al terminar de jugar, para no volver a abrir, salieran brincando la barda que daba al exterior.

En una ocasión cerca de las diez de la noche, los estudiantes jugaban entusiasmados y ya estaban por retirarse, y uno por uno fueron brincando la barda.

El último de ellos, lo hizo de una manera especial, parecía que lo habían impulsado, lo cual era extraño pues todos batallaban un poco para lograrlo.

Cuando se plantó en el suelo, miraba a todos extrañado y preguntaba si habían visto a la señora.

Todos negaron haber visto a alguien, pero él les contó que habría visto a una mujer vestida de negro, a quien no logró distinguirle el rostro, pero al tratar de preguntar si necesitaba ayuda, no logró si quiera acercarse cuando sintió que algo lo empujó fuera de la escuela.

El Centro Escolar Revolución es la segunda escuela primaria más antigua de Ciudad Juárez y, como tal, su arquitectura se ha convertido en un símbolo de historia y belleza envuelta en misterio.

Después de más de 80 años desde su inauguración, esta institución sigue en funcionamiento, con una comunidad de estudiantes y docentes muy arraigada a su entorno. En muchas escuelas de México, circulan rumores sobre construcciones embrujadas, lo cual suele ser una forma de asustarse entre compañeros. Sin embargo, como ya vimos, en el caso del Centro Escolar Revolución, la historia tiene un trasfondo real.

Personal docente y administrativo de la escuela ha decidido capitalizar el interés de la comunidad por lo paranormal, organizando recorridos especiales durante la temporada de *Halloween*, donde se comparten leyendas y relatos de fantasmas para recaudar fondos. Por otro lado, en varias ocasiones, han expresado su incomodidad ante la prensa debido a la invasión de investigadores de fenómenos paranormales, quienes han perturbado a estudiantes y personal del lugar.

Finalmente, tanto maestros como directivos aseguran que, a pesar del aura misteriosa que rodea al edificio, este cuenta con un ambiente tranquilo y propicio para el aprendizaje, como cualquier otra escuela.

El espíritu de una abuela que hace travesuras en el Museo de Arte

Era el primer día de trabajo de un guardia de seguridad que fue contratado por el Museo de Arte de Ciudad Juárez, ubicado en la zona Pronaf. El hombre había aceptado con gusto el trabajo, pensando que estando en noviembre tendría oportunidad de comprar los regalos de navidad que sus hijos necesitaban. Las instrucciones fueron muy simples, solo estar dando rondines al inmueble y avisar a las autoridades si existe algún invasor.

De este modo y con tranquilidad, el hombre estaba en su segunda taza de café cuando escuchó los pasos de una persona en uno de los pasillos alterno al área donde se encontraba tomando un respiro.

De inmediato preguntó "¿Quién anda ahí?"

Nadie contestó, pero tuvo la extraña sensación de ser observado, así que dio de nuevo una de las rondas, esta vez procurando ser silencioso para captar cualquier sonido que pudiera indicar que alguien se encontraba en el sitio.

Y en uno de los pasillos vio una sombra caminar de un lado a otro, difuminándose en la entrada de una de las salas de exposiciones.

Decidió pues entrar y fue cuando lo vio, el retrato de una mujer madura vestida de negro. Aunque era solo una pintura sintió que una energía muy pesada emanaba de ella, y de inmediato, las luces tenues que iluminaban el lugar se apagaron.

Pensado que quizá habría sido un apagón, prendió la linterna y se guio hacia el área de fusibles y antes de poder si quiera inspeccionar, las luces regresaron. Al voltear lo primero que vio fue la imagen de la misma mujer, caminando nuevamente a la distancia.

Tuvo tanto terror que renunció al trabajo de inmediato, y su vivencia se une a la de otros trabajadores del museo, quienes se refieren a este personaje como la abuela enlutada.

Se trata de una obra artística resguardada por el museo que en realidad sí existe, pero ha sido vista por un número reducido de personas en la comunidad y pese a que su historia es muy popular, los cuidadores del recinto no la mantienen en exhibición, razón por lo que la mayoría de la gente duda de su existencia.

La leyenda dice que cada año, específicamente en el mes de noviembre, la mujer de la pintura sale del cuadro y gusta de asustar a las personas que trabajan en el museo.

Algunos afirman que los ojos de la mujer retratada siguen a quienes pasan frente a la pintura.

Se dice que este espectro se divierte causando pequeñas travesuras, como apagar las luces o cambiar objetos de lugar, lo que ha provocado sustos entre los guardias del museo.

A través de redes sociales recientemente el museo señaló que el verdadero nombre de esta obra *El Luto Eterno en Lienzo: Retrato de la madre del artista* y que fue pintada por un artista de nombre Víctor Scharf, de Viena, Austria, mientras que la mujer retratada en esta pintura se llamaba María Luisa Chauvan..

Este artista es un retratista prolífico y muy famoso, doctor en Derecho, y estudiante de la Academia de Munich, en su tiempo retrato a diversas personalidades, aunque también dedicó su carrera a la inmortalización de personas comunes y paisajes de París y Holanda.

Según los registros, este cuadro llegó al Museo de Arte de Ciudad Juárez el 31 de octubre de 1984, donado por la también pintora y sobrina del artista, Danyesa Claude Egea.

Fue apenas en octubre de 2023, cuando el museo reveló la información sobre la obra y anunció que sería enviada a Ciudad de México para su restauración. Aunque parece que ya se encuentra de nuevo en el recinto, según se ha rumorado.

En redes sociales, circulan relatos de vigilantes que, mientras realizan sus rondas, perciben con el rabillo del ojo la figura de alguien vestido de negro. Al voltear, se encuentran con la figura fantasmal de la madre del pintor, quien, quizás cansada de su inmovilidad en el cuadro, decide salir a recorrer el lugar que ha sido su hogar durante casi cuatro décadas.

La virgen que llora

Una mujer llamada Rosa Isela Ramírez Aguilar fue diagnosticada con cáncer. Aunque inició de inmediato su tratamiento, las probabilidades de sanar no eran muchas.

Una tarde cualquiera Rosa Isela andaba en el auto con su marido, y mientras pasaban por la avenida de los Aztecas, en uno de los negocios en donde venden figuras de yeso, encontró con la mirada a la distancia una de una virgen.

Por alguna razón llamó mucho su atención, y pidió a su esposo que detuviera la marcha del vehículo, pues quería comprar esta figura.

Aunque no contaba con mucho dinero entonces, una fuerza sobrehumana le impidió resistir el impulso de adquirirla, y como buena católica, con mucho cariño y devoción, la colocó en su sala de estar.

Poco tiempo después, a Rosa Isela le diagnosticaron cáncer cervicouterino en fase terminal. La enfermedad la debilitó tanto que incluso perdió la capacidad de caminar.

Fue en medio de esta difícil situación cuando, una noche, mientras descansaba en su sala, notó algo inusual: de los ojos de la Virgen brotaban lágrimas.

Al acercarse, se dio cuenta de que se trataba de una especie de aceite. Intrigada, llamó a una de sus hijas, y juntas observaron cómo las lágrimas despedían un delicado aroma a rosas.

La noticia de este suceso se difundió rápidamente entre amigos y vecinos, y a medida que el fenómeno continuaba, Rosa Isela experimentó una recuperación inesperada.

En el transcurso de dos semanas, no solo pudo volver a caminar, sino que, al regresar al médico, se sorprendió al saber que el cáncer había desaparecido por completo. Este acontecimiento fue visto por muchos como el primer milagro atribuido a la estatua de la Virgen.

Pronto, la casa de Rosa Isela se convirtió en un lugar de peregrinación, al que personas de toda la ciudad e incluso del extranjero llegaban para presenciar el milagro de la Virgen que lloraba. Algunos aseguraban verla cerrar los ojos o mover sus facciones, lo que incrementaba la fe y devoción de los visitantes.

Rosa Isela recibía a la gente desde temprano en la mañana hasta la madrugada, permitiendo que cada persona tomara un pequeño trozo de algodón empapado en las lágrimas de la Virgen, con la esperanza de llevar esa bendición a los enfermos.

Durante ese tiempo, las autoridades eclesiásticas se acercaron al lugar, aunque nunca se confirmó oficialmente el milagro. Pese a esto, los testimonios continuaron multiplicándose, con personas que afirmaban haber sido sanadas o haber recibido favores tras su visita.

Uno de los relatos más conmovedores fue el de una mujer identificada como Deny Lovato, quien relató cómo llevó el algodón con las lágrimas de la Virgen al hospital donde su hijo estaba gravemente enfermo. A los pocos días, los médicos lograron diagnosticar correctamente la afección, y el niño recuperó la salud. Otros niños en el hospital también recibieron el toque del algodón, y según ella, todos experimentaron una mejoría.

Aunque la devoción a la Virgen de Rosa Isela se mantuvo por varios años, la historia tuvo un final agridulce. En septiembre de 2021, Rosa Isela falleció tras una recaída del cáncer. A pesar de su partida, la comunidad la recuerda con cariño, no solo por el milagro que marcó su vida, sino por su labor como maestra, pues ese era su oficio, dejando un legado de fe y esperanza en su colonia.

Mothman sobrevuela la ciudad

Una noche fresca de verano, Óscar salió afuera de su casa para fumar, en alguna de las calles de la colonia Pradera de los Oasis.

Este en especial vivía cerca de un parque del sector. A esas horas, todo estaba anormalmente tranquilo, así que disfrutando del silenció, prendió el primer cigarrillo.

Repentinamente, escuchó algo así como el aleteo de un ave, muy grande, por encima de la cabeza. Volteó rápidamente al cielo, y sin poder creerlo, vio una figura más alta de lo que podría ser un humano pasar sobre de él.

Aterrado, se metió a su casa, y desde la ventana de su cocina que daba hacia el parque, vio como la figura se posaba en medio del mismo. Esto apenas unos segundos, insuficientes para poder apreciarlo a detalle debido a la oscuridad, pero suficientes para notar que era una suerte de murciélago gigante, con unas alas enormes que inmediatamente se abrieron y lo elevaron, despegando una nube de polvo a su alrededor.

Al comentar lo sucedido a alguno de sus vecinos del sector, supo que no había sido el único en haber reportado un avistamiento como tal. Resulta que algunos otros de sus vecinos lo habían visto también, incluso más a detalle, describiendo su figura como la de un ser mitad hombre mitad pájaro, de piel grisácea.

Esta descripción hace pensar en un críptido conocido como El Hombre Polilla (*Mothman,* en inglés), el cual, tiene apariciones registradas alrededor del mundo desde 1966.

En el caso específico de Ciudad Juárez, se ha reportado su presencia en diferentes tiempos, en la colonia ya mencionada, así como en la colonia Altavista y Anapra, entre otras.

Se le confiere su aparición al presagio de desastres naturales, aunque algunos añaden que también predice otra clase de catástrofes donde muchas personas mueren. Su aparición se ha dado en otras partes del estado, como en la Ciudad de Chihuahua, donde un hombre reportó haber sido perseguido por él. Esto ocurrió en el 2009, año en el que estalló una epidemia de gripe aviar. También en la Ciudad Ahumada personas reportan haberlo visto sobrevolando las casas e incluso posándose en los techos de las mismas, desatando el terror de los habitantes.

Una cosa curiosa es que los avistamientos parecen ser muchos, pero el material videográfico en donde supuestamente se le expone, al menos en esta región, es escaso. Aún más curioso es que los avistamientos del Hombre Polilla suelen darse por oleadas alrededor del mundo, es decir, que intempestivamente se empiezan a registrar testimonios de gente que asegura haberlo visto en diferentes partes casi al mismo tiempo.

Algunos otros señalan haber visto algo similar a una gárgola, especialmente en el Camino Real, pero sobre esto, se piensa que podría ser el mismo ser.

Si en la noche caminas por la ciudad, mantén los ojos abiertos, los oídos atentos y la cabeza mirando al cielo.

Karen Cano

(Ciudad Juárez, Chihuahua, 1990)

Estudió la licenciatura en Ciencias de la Comunicación en la Universidad Autónoma de Chihuahua. Tiene más de 12 años trabajando en medios de comunicación, realizando la cobertura de diversas fuentes, escribiendo también columna de opinión, reportajes de investigación e historias urbanas. A la par, ha cultivado el género literario de la poesía, con la publicación de 4 libros, y la colocación de su obra en diversas revistas y antologías nacionales e internacionales. Actualmente vive en la ciudad de El Paso, Texas, donde estudia un MFA in Creative Writting (Maestría en Bellas Artes en Creación Literaria), en UTEP (Universidad de Texas en El Paso).

Índice

Sombras en la calle. Leyendas urbanas de Ciudad Juárez, se editó en los talleres de Flor de Mezcal, ubicados en la delegación Benito Juárez de la Ciudad de México. Octubre de 2024.

Made in the USA
Columbia, SC
04 November 2024